棘冠薔薇

陳依文

「我在火焰的幻象裏看見玫瑰。」
「粉紅、黃色、接近黑的深紅……」
「她們開著、開著，衝過著火的夢境邊緣，燒了出去。」

玉鬘

桃樂絲

檸檬酒

黑魔術

秋日胭脂

金色邊境

玉髮

強韌地、優雅地。華美的愛。無論殿堂或野地，
都能扎根結籬，盛開燦爛。

桃樂絲

世上最可愛的高危生物。成長的奇幻冒險。
尋得夥伴一起，前往任何地方。

檸檬酒

酸中帶甜。扭轉的軌道。
自我被浸漬、發酵，在澀味裡轉化。

黑魔術

外界的暗面。
籠罩在魔術裡掙扎求生的人們。

秋日胭脂

另一個次元的靈魂。
此世以外，不曾遺忘的色彩。

金色邊境

棘與玫瑰的煉金。
盛世與加冕，完成與答案。

在那肉身築成的壇上
獻以思想，燔以靈魂
血珠滴落成薔薇
棘刺插穿，漏下了光

藏在秘密基地裡的迷宮花園
醞釀了很久的夢
凝著露水清澈的眼神
細細抽長，攀緣，蔓生茁壯
扎出刺、結成籬
屈撓纏綿，一點點伸枝展葉
抓住每一束日線逆光而上
堅定地，盛健地，優雅地
團團簇簇
開出華美繁花
氾濫成粉玉色的春天

I 玉鬘

TAMAKAZURA

四季開 ｜ 迷你 ｜ 清香 ｜ 蔓性 ｜ 圓瓣杯形 ｜ 日本 ｜ 淺粉 ｜ 粉露斯塔

撇捺

一枝長莖玫瑰，蘸滿光
邊滴落濃縮的光，安靜地
在我們心上寫字

彩

萬物有光。萬物為光。

你自是
其中最絢麗華彩的一束

雲泥

我的靈魂
是一段長長絲帶
一端浸泡塵世裡
一端懸結群星間

屬塵的那頭重
屬星的那頭輕
天上有光
人間有你

泥沼底打滾久了，偶爾
順著溜洩下來的一點星芒
微微一拽，還能聽見
玎玎淙淙
迴環往復
星座間玲琅暗隱的流水聲

芽

每回見你
都是一份驚動的發芽
伏屈到伸直
微小而壯烈

一丁丁、一點點
撥鬆泥石，頂開土壤
鑽出世界的天花板
喚醒我不屬此世的春天

一見

你一笑，暴雨即至
雷電招引，大化的眼神驚鴻瞥來
不過是一瞬間
起自蒼茫玄之又玄的動容
天幕貫穿、穹頂撞裂
遙久的杳冥豁出缺口
一道閃電就亮足了千古

從那劃穿維度的開裂深處
一切無以名狀的幻彩開始集結

由靜而動，自慢轉快
繼而濃墨重彩、飛星投梭地奔騰起來
光斑、星芒、碎虹、片霞
漫天香花、寶石瓔珞……
所有華美物事
拉拉雜雜，傾盆驟下

我們輪迴的命運
就這麼被定點了

盛大瀲灩，輝煌璀璨
在你一揚臉間
磅礴無聲

一切有形無形、千華萬色
承載宇宙奧祕的無量符號
晶亮亮砸在心上
將我一生
洞出大小深淺
開花的坑

淺眠

壹

睡眠太淺了
奇形怪狀，五顏六色的夢裝不下
蛋面、三稜、星錐、正二十面體……
滾的滾，流的流
攤成了一地
浮水碎花

貳

碎形們變化、浮動
填過直角，逆流上挪
果凍色活生生擠滿四壁
房間漲染成幻彩螢光
懸浮在空無一物的黑暗宇宙

愛與亡佚，思念或想像
一切存在都化作海葵

我的腦
是被異神遺棄的廢水族箱

一閃一閃，發射著創生滅世的微弱信號
將所有跨維儲存的物種數據
開開闢闢

毫釐

像段踮腳探頭
還是搆不到窗台的幼藤

差那麼一丁點點
就遞入你的夢中
我的思念功敗垂成
落入了他人宇宙

夏祭

灼痛靈魂的花火
大把大把淘出
彼岸花燒成金色
黑暗的河流沸騰著

我始終懷念
那些曾燦爛的愛

冒題

兜兜轉轉
繞遍市井街里
迢遙山水
半生煙靄才知道

你在這
人生原來
主旨分明

破題

一起到老

連假第一天

太陽爬起來了
你眼底的星星還沒醒
殘酷背後，又一次美麗的倖存
我們再次
戰勝紛爭、噩夢、床邊的怪物

壓力推土機
現世的焦土之外
讓希望的手清涼地伸入，雨點一般
搖晃鐵灰色的城市搖籃

擁抱早於清醒
意識和言語尚未
刷新誕生
我和你是
沙漠中的兩條河流
焦灼之渴
水銀之血脈
在地球的翻動中，不自覺地蜿蜒靠近

蟲子在孳生
微小而日常的憎惡沙沙作響

儘管城市是增建的牢房，儘管
醒後有那麼多張
不想看見的臉

一起活著
每天處刑一個絕望
只要心跳的槍擊聲不斷絕
每一次賴床
都是蜜月

久

孤獨久了，變成錐
渴望久了，變成沙
憤怒久了，變成空洞
愛久了，就變成樹

誠服

仰望得太久
我終於
變成了一道影子

窗簾上養著光的彩繪玫瑰
向日葵笑咪咪的手轉風車
點滴逆滲入現實的童話國
可以前往任何地方的銀鞋

II 桃樂絲

DOROTHY

四季開 | 迷你 | 強香水 | 圓瓣平開 | 多花 | 強健 | 台灣 | 暖粉紅

存世

生而被愛
是我們賴以維生的起點

桃樂絲

過來了

我只能棄械投降
束手就擒

面對你步步進逼
不講武德的愛

勾

你的眼神
是對清澈銀鉤
明亮準確，投入心湖
圈漾的光漣漪中
連拖帶拽
拉拔我
沉淪已久的人生

受敵

愛的榴彈
由內而發，一陣陣
近距離地
迫擊著心

我的自由傷亡慘重
節節敗退
腹地寸寸縮小
堡壘百孔千瘡
踩住了最後一條防線

主權的大旗搖搖欲墜
禁不住
你一次笑容的燦爛突襲
全面招降

方盒

世界原本是圓的
遇見你之後
變得方方的
有邊可依，有角可靠
站得起來
還能每天澆水
像隻盒子
夜裡，蓋上宇宙黑布
做個清脆水嫩的夢
在你髮邊，醒來時

就收成滿滿滿滿的
光之豆芽

桃樂絲

扶站

是只耐心十足的大紙箱
沉甸甸地
裝滿犧牲、忍讓與善

我扶著你
愛的邊緣
終能在這不安的世界，危危地
搖晃站起

星座

我小心翼翼
合掌承受
接下一份從天而降的愛
是個小小的，沉睡的心
像顆未琢磨的寶石鳥蛋

為了避免劇烈搖晃
我的腳跟穩穩踏住，釘在地面
為了不讓別人碰觸並且
多曬陽光

我將雙手上舉過頭
伸直捧高

但這份愛實心、沉甸
密度太高
那重量，漸漸向後
壓彎了我的脊椎
仰著仰著
拉長、拉長
下折、下折……

最後，我的身子弓成彩虹
十指陷入土壤

化為根系的一部分，然後這顆心
發芽了，抽長成樹
像座倒長上去的水晶吊燈
迎著日曜，興沖沖地逆襲盛放
迅速成亭、成蓋，豎成一把巨大閃爍
頂天立地的華麗花束

樹很高，枝椏是黃金色的
紅豔豔的瑪瑙果實一夕結滿
從翡翠葉叢裡，碧瑩瑩地
飛出許多精緻的鳥
有的長羽銀白
有的尾掃淡藍

或者櫻紅、群青、藤紫、杏黃……
牠們一個緊隨一個，撲騰展翅
炸上天空，越來越亮
最後排出圖案
變成了星星

里程

得到你後的人生
不過是

沒有翅膀的航行裡
一趟趟重複起降
不起眼地
累積日常的里程
將愛升等

直至安息以終

羽化

你安住著，慢慢長大
終有一天，從內部
啄碎我的心

睡不著

地球微微發燒
輾轉反側
海洋是條軟藍的白印花涼被
薄薄蓋著，揉在身上
將所有氣候翻來覆去

單人宴會

心是一顆彩球
可開可閉
裝滿碎花、紙帶
小小虹的亮片

宇宙是天花板
思緒是線
拉一拉
就掉下詩

爆米花

心原本是
堅硬乾燥的金珀穀粒
擱在生無可戀的現實
早已封閉緊縮
發不了芽

你的愛是油與糖
高溫一熱，皮開肉綻
靈魂在人間爆花怒放
迸炸成一朵朵迷你白雲
甜蜜蓬鬆，不飛不離

退避

是顆精緻的小銀鈴鐺
喜歡搖晃、擁抱、輕聲細語
穩妥妥地穿上紅線打的蝴蝶結
繫在世界這隻大貓的脖子上

所有的不幸是群灰老鼠
聽見你來
就遠遠避開了

雷雨天

寶寶，別怕
隆隆雷電
是雲朵，讓懷裡的雨點們滾下去玩
一邊閃電，為他們照明遠足的路
一邊打雷，聲聲疊地急忙追喊
提醒孩子玩累了
記得回家

一路上

那些不平顛簸，到時候
都會變成甜美的搖晃

我們蜷窩在人生的手推車上
走慣了，將曲折的碎石路
一路逛成安穩的深眠

幽靈蛛

螞蟻死掉了
她小心地拎起來
丟給牆角的幽靈蛛

彷彿就能
拿一點微小的溫柔
抵禦世界巨大的沉默

融化

我的心是一塊硬糖
經妳眼神
加溫加熱
攤在胸腔的玻璃罐裡
流軟得一塌糊塗

光水母

我想
給你一片深邃天空
光的水母成群飄游
一伸一縮

它們誕生自光
光的波動吐出泡泡
泡泡浮拱而上
膨鼓吹氣，胖成一球球鈴蘭花苞
花苞飽滿極了，倏然震顫

透明根鬚傾湧下散
如乍放的裙擺銀白流洩
氣根卷曲揮彈，收攏、舒張
天使齊齊搖起手指，輕輕勾晃
樂音若有似無
淡彩滑淌鎏金
如鐘如鈴的苞朵吹彈可破
開開闔闔、闔闔開開
華美而流麗
似一盞盞倒逆曇花
反覆含苞、盛開
在天光中悠悠複寫著長久花季
它們游動，但不凋謝

倒扣在晴水藍天的飄浮花園
光的水母柔柔冉冉
逐浪起伏
淺淡透亮的根系
在相涉的光與影中斜斜穿梭
它們群體遷徙
覓食雲層裡外的光束擺蕩

每次
光的水母一伸一縮
從仰望的頭頂招搖而過
彈指間，你夢中輕量潛伏的隔夜陰影
就隨微微的波紋徐徐遠散

點線面

雲擠呀擠，落成了雨
雨在地上跑啊跑，送成溪泉
溪泉接頭唱呀唱
呼朋引伴，匯吼成海

草坡上，有風漫然
輕花一勺勺往外舀
灑著灑著，潑成春天
夜空裡，無月清燦
虛線一點點串起星
填著填著，牽成傳說

思念壘著壘著，砌成歲月
歲月轉啊轉，把剛硬細細磋研，方磨成圓
心沒了角，讓你一勾一帶，隨手掛住
顛著晃著，遠成天涯

枕畔

陽光舒遲的早晨
伸完懶腰
等來一個香甜擁抱

雷聲隆隆的雨夜
半摟半搶，分一條新烘棉被
柔軟溫暖，絮語中
勾指頭沉沉入睡

確保妳睡前醒時

都深深習慣

生活有伴，人間可愛

桃樂絲

心按在土裡
悶發成一盞盞金色月季
耐熱抗病，成簇群開

一頭栽入百孔千瘡的生
掙扎裡反覆透氣
繼而透光

III 檸檬酒

LIMONCELLO

四季開 | 中輪 | 濃香 | 單瓣 | 抗病耐熱 | 灌木 | 法國
金色花蕊 | 檸檬黃至蒸栗

蓋

你的存在，像只蓋子
覆上旋緊
斷絕了我的天空

愛

愛是
一輩子的獻祭儀式

馬鈴薯

我深知身上每一處創口
識其意義，曉其原由
不整形、修飾、遮掩

它們有一天會發芽
即使那時我自己
變得有毒

糖漿

長大就是
病了，發燒，為著什麼噁心至極
還是要硬頸吞藥

只是，沒人再餵你葡萄
草莓口味的了

貓步

那心意
朝誰的方向
踏著微微貓步
徘徊逡巡
靠近片刻，又離開了

巢

世界是只搖搖欲墜的大鳥巢
搭在著火的樹枝邊緣

何時該把你推落
躍下求生
我始終深深納悶著

如此這般

原來，我真正想要的
是過上一段安樂的日子
遺忘如何寫詩

成家

曾是樹，曾是森林
曾在遼闊的星空下呼吸
篩過初雪、滌過雷雨
透過根系交換整個地球的夢

如今都削去了
這裡折斷
那裡砍平
抹去有情緒的凹凸面目
修去命運旁枝的可能分岔

從此，不再有個體差異
沉默著，並肩握手
相互搭連，成為樑柱

幸福果然是
許許多多犧牲架起來的
他們不在意
我們知道

巨獸

愛一開始
都是細巧精緻的

施壓

愛像一隻大手
一掌按著

終於，我們貼在塵上
半張臉陷在土裡
再也直不起身

育兒

是人生永久的割讓
不訂條約
無可收復

我們曾白手被贈與
佔領至親的青春、身心與領土
始於撕裂與破壞
一腳踏破渾沌疆界
憑一聲清亮啼哭
初來乍到，討摸討抱
軟軟攀住一切堅實溫暖的美好

懵懂著落、建設
等來一個或許新奇，或許繁晦
或者明亮舒朗、天高地闊的世界
追追索索，百般經營
因而收成
繼而遞出

無中生有的愛，亦是
從宇宙深甜幽暗的懷抱
短暫租借
終待歸還

一種謀殺日積月累

是我們
親手力行
將自己所繫之人
捏壓搓磨
一點點，寸寸扳折
以愛、以需要之名
連縮帶擠，半削半碾
塞進生活的窄箱裡
迫成討厭的樣子

美工刀

從你的愛
推出一截截刀片
喀喀喀喀，準確地
送入了我的動脈

抹布

心是
蓄滿髒水的重抹布
擰一下，苦水嘩嘩
甩上臉能打瘀青
瀝不淨、死不透
由得生活
一絞再絞

末日伊始

颱風在海上散步
地殼在眠夢中翻身
懷抱裡，熔漿蠢蠢欲動
沉沉壓臥的岩層不再嚴實

雨林深處，蝴蝶振翅
一巢蜜蜂的嗡鳴聲隱密解離
遙遠凍土淅淅泠泠，悄然滴化
繞指寒的細流柔弱蜿蜒
一股、兩股……

融水加速如閃電、如銀蛇、如樹脈
面朝大海開枝散葉
爭先恐後，奔赴前去

峰頂，崩塌前最後一片雪花
剛剛離開千里灰霾的冰冷雲層
支楞起精緻的六心六箭
鑲邊帶芽，將一身鋒芒纖毫張展到極致
耐心計算下落的阻力與速度
般般轉轉，在半空輕巧挪騰

島嶼夢見海嘯
太陽夢見風暴

剛滿月的嬰兒看見怪獸
哭啞著驚惶醒來

光年外，小行星軌道偏移毫釐
通往棉田的公路外緣
下一秒，破片地雷被跳躍的野兔引爆

你習以為常面前
我的愛
默不作聲地
分寸消失

灰姑娘的逃脫計畫

其實早就
一路籌謀準備
參加舞會之前
最關切的是
確保流程通暢、備案充足的逃脫路線

微笑要精緻
點頭要優雅從容
姿態乖巧，對話盡量沉默
被當成什麼都不懂是最好的

接著一步、兩步
不著痕跡地悄悄位移
一點點挪到織金盤紅的地毯邊緣
輕旋鞋跟，半身隱入象牙白的羅馬柱之後
攏好鯨魚骨撐開的層疊裙擺
覷準一個無人注意的時機
後退、轉身，拔腿狂奔

奔向大廳外黑暗廣闊的世界
從慾念與試探交遞傳錯的集合淡出
從水晶燈的燦然白晝淡出
從一切輝煌，從話語、記憶、渴盼
或良善或惡意、新新舊舊的關切中淡出

動作要快，換裝要輕
兩隻鞋都不要了
若腳上還有一隻
務必俐落爽快地高舉過頭，狠狠砸碎
還有什麼
比玻璃碎裂的聲音更加動聽？

拆散編髻，攪亂長髮
擲去鏤花珠繡的蕾絲小扇
踢開兩下拔除的白長手套
精緻瑣碎的物事也該迅速拆卸
絹花、胸針、項鍊、耳環……
掌心向下，讓握滿手的玲瓏晶亮

鬆指脫落
落地先是叮叮噹噹的
一彈、二彈，漸漸悶去聲響
所有冠以美麗之名的累贅
也就四散滾遠了

於是靈魂也變得輕盈
挽上獵獵冷冷的晚風
光著腳板踏上四野八荒
幕天席地的大舞台
對無人的觀眾席深深謝幕
告別燈光、場景、劇本、設定
告別兢兢業業穿梭的套路與對戲

退出所有探照視線之外
向異域、向遠路
向長夜裡一點的微光而去

從此終於不再
是別人口中的誰誰誰了
不必到既定的故事客串擔綱
不必盛裝、屈膝
周旋、等待
——自然，更永遠不必
再參加舞會。

來人

我看著你
張望中且行且探
純真好奇，毫不預設
似一個逗號
輕癢地落在地球肩窩
一路標標點點
張頭探腦

這處明朗信美
那處風波暗藏

平原、坑窪、坡陵、溪壑……
江海如夢，歲月初醒
天圓地方，無標的地圖推展成譜
再睜眼已是局中子
求生問死的棋盤上，停停踏踏
一村柳暗，一村花明
總在光影虛實間抹抹劃劃
學習趨吉避凶的本事
修正步伐速率與幅度漸次疊加的距差
留意落腳剎那，重心前後細微試移的挪騰
一而再、再而三
盼哪天將魯莽磨作膽大
怕事琢成心細

未來還在雲光掩映的遠景
山水明媚迢遞
歧路四面八方
發亮的，隱形的問號格子虛空浮貼
等待你一步向前
命運有時翻臉無情
有時慷慨餽贈
牌面或許發黑、或許翻紅
你在一切未攤開的可能前躍躍欲試
猜踩著風險際遇
領略世界的冷漠與慈悲
良善與殘酷

像一隻小小瓢蟲
偶然停落指尖
一點點
爬上裸露的手臂
停一下，前進幾步
在繼續與逃開之間
忍耐著不飛離
細微地觸點、搔探
戒慎猶疑
又竟似無所畏懼

逆位。倒刺。揉爛的黑色花瓣
彎曲折抵的劍尖。指甲。蟲群。蠢動的陰影
黑暗中流動的無數異色
淹沒過我的眼睛

IV 黑魔術

Magic Nera

四季開 ｜ 大輪 ｜ 強香 ｜ 高芯劍瓣 ｜ 高腳杯形 ｜ 抗病 ｜ 法國
勃根地酒紅 ｜ 黑絲絨

末日

誰不是
帶著一身傷痕活下去呢？

這原是
行屍處處
鬼怪橫行的世界

片利共生

最後，海葵終於
勒死了小丑魚

無道

夏日的露天電影院
暴虐的午後雷陣雨
迫不及待的愛

我們重感冒了整場青春

案件

婚姻是一場漫長的作案
綁架彼此
用一生，殷勤相贖

鬼屋

這世界何嘗不像一座鬼屋
收費高昂，布景廉價
處處機關
分不清為逗樂、為逼哭
抑或兩者皆確

既已誤上賊船
就算情願被算計
也該找個稱職的伴
瘋瘋笑笑
一回也罷

傷痕

別誇耀、展示
別過度愛憐
像一隻圈在籠中的盲孔雀
幾近本能地張耀，團團轉地
向世界兜售自己的
一身紫青

綁票

勒死愛
該索回什麼
才算值得

棉花糖

你的喜歡
像纖細粉彩的糖絲
虛空裡，撈一大把
無中生有的曖昧
在旋轉間收集成團，遞上前來

這份膨脹的好感
是假的雲
凝不成雨，不會漂浮
飽滿豐盛，卻無質量

尤其惱人是不耐放
所有輕盈、歡悅、甜美、蓬鬆
消扁後，只剩膩手的黏
露出綿裡藏的針
一根長長尖尖
戳心的竹籤

意外身亡

心，也會忽然就死了
無聲無息，默不吭聲
既不轟轟烈烈
也非悍然犧牲

隨便一個踉蹌
跌撞在言語的鋒刃上
瞬間，就死透了

壓

他是那種
渴慕光，卻
被太陽壓得
抬不起頭的人

白日

那遍地的狼藉
曾經都是
支持樹的

每片葉都有故事，每片葉
都在塵埃裡相逐
試圖將一身脈絡翻面呈上
像群離水的魚
箝在現實的重典裡
靈魂乾癟，壓夾得枯薄如紙

還不甘地瀕死撲騰
一跳、又一跳

但落葉忘記它們已離枝
不再被誰需要
巨量集合，相似但不同的不幸與鋪陳
在高枝目下
都是冗贅

一張張抬頭向上，那些臉面
被陽光烤得酥脆
一踩就碎

剝蟹

生活像一只蟹
張牙舞爪，都是虛勢
秤斤論兩蒸熟了
看著艷紅肥厚
剝拆開來
儘管香，也是腥的

殭

有些澗泉，下一次毒，翠鳥就不來了
有些土地，燒焦過，便開不出玫瑰

有顆心，傷透
就變成殭屍
能吃能睡，會走會跳
卻再不活了

採集

傷心是柴薪
樹的枝椏輕薄、空心
既不緻密，也易起煙
但成長快速，便於取材
一段段劈下來
長短排列，綑結成束
燒來照明
燃以取暖
燒完了
就沒了

我們不耕種
不狩獵
不必宗教、文明、殉道或救贖

遠遠的森林
有雷電墜落
有山火緋紅
我們指點，眺望，聊作談資
那些樹太高、太尖、太決絕
苦心標舉的別名是傲慢
擺出一副詢問宇宙的姿態
緩慢增加的年輪有何意義
哲學或深思都太狂妄

天問原本就是一種觸犯
神木也是樹
終究要倒

我們繼續砍柴，反正
人生不過
夜以繼夜的黑暗
營火晚會
又何妨

履

為履行那些
生而為人的權利與義務
我愛，我戰，我生活

外牆

長街巷，如果趁夜裡
數著水銀燈的光圈走去
明、暗、明、暗、明、暗
第五個光圈外圍
是那戶人家的牆

稍稍抬頭上望
牆頭是有風景的
琥珀褐、翠陽綠、細糯冰
三角、弧面、不規則……
尖齒參差，咬住牆頭

碎玻璃嵌插成微屏風
曾經為器為皿
有容乃大
如今瓶毀身裂，一致對外
淨透的寶石削片瑩瑩折光
層疊掩映誰家的夢

再過去，鐵絲花環簇簇紮排
銀線邊上，星芒一點一閃
鋼骨蕾絲圈圈繞繞，相沿編織
小巧鋒利的雪絨花泛著冷意
手拉手，列成隊
間隔滾綴無案的封鎖線

「別靠近。別攀登。別翻越。」
夜裡，微光淡爍的物事如是說
她們都是玫瑰轉世
擁著刺
就以為不被攀折

其實，亮出的刀口從未抹血
連貓咪都沒攔成過
努力安插的尖利爪牙
看似殘酷，實則脆弱
僅只為了不被傷害
懼怖的藤蔓攀緣擴張

自顛倒夢想瘋狂增爬，結成花牆
如此虛張，如此懇求——
「別發現、別探手、別奪走。」
誰又真能
從世界防備自己呢

錯覺再衍生，終究是美麗的
美麗、輕薄、卑微……仍然必須

被框架搶劫的人生
命運窺伺的選擇
生活竊取的愛

關於擁有，關於恆久
我們活著
誰沒有一點
權作安全的天真幻覺

無價

我們從未錙銖必較
也決不容許
坐地起價的愛

商店街

最先倒閉的是書局
——毫無意外

接著是散裝零賣雜貨店
透明壓克力夾層抽屜
滿櫃都是彩色軟糖
圓的、扁的、長條、迴紋……
它們是蜷曲縮小的幼年期彩虹
懷著成長的夢，在箱中
一格格凝固
一道道淡去

鞋鋪、裁縫店、涼茶坊、推車芋頭冰
熄燈退場的點名依序唱過
漸漸，逐一消失的是
木板招牌中藥堂
單人經營小酒吧
鋪面越租越窄的唱片行
漫畫雜誌，四面拉牆的租書店
每只瓷杯都長得不一樣
每日烘豆的咖啡館……

改頭換面
朝代更替

最後剩下
四大品牌便利超商
間綴光鮮明亮
快速增生的連鎖早餐店

樣板複製
格局相似
沒有靈魂
大量業務

消費成為一種過場
挑剔、計價、無所謂

這何嘗不像
一部
為人熟知的
愛情演化史

著魔

壹

過於頑強的希望
近似於魔

貳

想方設法擺脫糾纏
遠遠送走也好
折毀支解也罷
且割且剜，剝除阻斷
高高供起躍躍猶活的心
將一簇鮮紅怒放的冀望狠狠按捺
甚至放棄抵抗，假作無視
日復一日披上人皮
行禮如儀
掩耳盜鈴地活著

叁

但耳語細膩
織附在血管內側分秒噬囓

深淵，和自己一模一樣的聲紋
宣訴所有遺忘與未曾遺忘
無分巨細不敢脫口的衝動
反反覆覆徘徊試探
那聲線，忽強忽弱
低喚的音質太貼
似一條沾黏在心頭的橡皮繩
時時微引暗牽

偶爾猛力一拽
每一扯，就撕去一塊
指甲片大的淋淋血肉

肆

那些聲音匯成一團
長出內臟、手腳、頭髮……
它沒五官
像是在等著
自己的臉

伍

終究無法心平氣和

同置並存

陸

丟而難棄
棄復未絕的希望
是總回到身畔的詛咒娃娃
既迷人，又絕望
引我們一步步
往限定的死路踏出火印
走向萬劫不復的鬼域深處

給友人的便條貼

不立危牆
不行暗路
不聽傷心的歌
不念那則名字
別在夜深巷口，久久凝望樓上的燈
別假設、別輕信、別後悔
別討厭自己
破碎的東西，即使閃亮也不要了
留一片光，像抖開棉被曬太陽那樣
曝晒被濕冷的日子層層包裹、時常受潮的心

學習收納與丟棄
一格格安放好分類的善意
將寵物相片放在最容易看到的地方
珍重所有
好好活著

秋日裡最後一抹胭脂
華美氤氳
望不清摸不著
卻始終難掉色的夢

那一夜，有一朵花
分別過色違的自己
轉生到不同宇宙

V 秋日胭脂
AUTUMN ROUGE

四季開 | 大輪 | 濃果香荔枝調 | 重瓣包形 | 日本
幼苗枝條細軟 | 尖晶石紅 | 高溫偏紅，低溫偏紫

以你之名

颳起一陣
金銅、墨黑的沙塵暴
灰頭土臉的思念
覆蓋了我的世界

滅頂

發動了
全部的回憶如潮水暴漲
迅速集結
越過心防高牆，瞬間
化為海嘯
挾著整座夏城的殘骸
總和起每一張臉的重量
以支離破碎的巨大
迎面蓋下

從此，我也是
行走在水底的人了

衛星

因為凝望
所以神聖
因為慎重
所以潔淨

也許這正是我
之所以無法接近

脫隊

很久很久以前
一次節慶後的旅行
為了替對方
戴好歪斜的毛線帽
我們停下腳步，落後人群
重新結好過長的圍巾
拿下手套，以指尖
細心拂去睫毛上的細雪
把手放入彼此的大衣口袋
並肩仰望路燈外的冬林

看著望著，試圖指認遠處黑暗層疊的山形
猜測群山之上
雲層後清晰冰冷的星座方位

索性就不往前了
丟起雪球，互相追逐
我們笑著鬧著、越跑越遠
追出最末一座夜燈的光照範圍之外
漸漸偏離預定路線，最後
岔開了時間的維度
永遠留在
那年最後一場雪祭
春天正要來而

故事正要開始
那裡有一個你
那裡有一個我

從人生脫隊
分歧自
記憶中最美的一霎
活成了
不同的樣子

向榮

回想起來
還是很幸福的

那些掛心於你的日子
既明晰、又肯定
像串套上陽光的露珠
圓滿清透
晶燦地漾著碎虹

即使一觸便碎
易蒸易散

終究點亮了黑色的眼睛
洗翠那年輕易折
行將枯死的青春

錯過

本該迎來的春天
被我們鐵石的心腸一擋
退回將融的薄冰層下
鎖在靈魂深處

燦爛花季，再沒有誰能看到

那倒也好
你的笑，收拾起來
永不被生活的髒水潑濺

手搖鈴

思念是把精緻的鈴
搖一搖，從前心碎而成的裂片
就撞著修補好的靈魂內側
玎玎玲玲，響起回音

可是，塵封太久
這把鈴，無處擺設、不堪實用
曾該收下的人
早已遠遠離開

只能偶爾惦記，暗中摸索
漸漸，徹夜握持的日子少了
晚燈已息，窗外月微
置諸高閣的鈴身上
映著的夢都是寒的
沉涼微光，將精雕細琢的一槽一線淹得明暗
原也曾刻骨銘心
深切鐫鏤的花紋不再摩挲
不再恍惚出神
順撫過深淺錯綜的纏繞紋路
以指劃連，一遍一遍

慢慢不再慣手

竟也無復眷戀
那清澈、傷心，一觸即碎的音色

久久，還會乍然跌落
僅為那些
震央深深埋在心魂根柢
無可偵察
無人發現的地震

如今，只合在大雨暴擊的夜裡
不眠枕畔，微微轉側
聽年少時深愛過的殘片
在驀然傾斜的心房邊緣
磕絆搖落的聲音

夜來幽夢忽還鄉

想讓你見見
我夢中的你

塵未滿面、鬢不如霜
眼神明亮得像星星的果仁
從容地等在灰白色的世界邊緣
像本微微敞開的精裝書
絲封繡金的皇家紫

你就會明白
我何以珍藏
何以深愛

出入境

我時常懷念

迴旋氣流，鳥瞰視角
倏而拉近、忽爾拉遠
滿市屋頂如拼花廣被
遙遙鋪展出一地紅綠人間
晚風篩過髮際、肩頸
滌蕩沉夢裡逐漸清醒的意念

漂浮是一種本能
心緩緩上升，托浮於微塵繁世之上

像油與水分離
靈魂驟然輕盈
夢中，一百種飛行的姿態

我如此鍾愛

隱匿在層層霞靄後的千邦諸世
蒸蒸蔚蔚，浮幻萬國
那些屢次回到
重複渡假的異界風景
星雲烟花、鳶紫海岸
巨大懸月冉冉升起
飛簷廣廈連綿發散
嶄新的建築群精緻壯麗

以及
那樣不定時又總不落下
偶爾想起，跨越層層維度
攜一個明亮眼神
入境造訪的你

特報

青春是一場
暴烈潑灑
長期的豪雨特報

我們逆著風，撐把傘
頭頂半張翻來覆去、反向開花的天
一面奮力跟自己搏鬥
一面摸索彼此方位
雷電轟隆、水氣豐沛的世界裡
拖起手，掙扎著顛簸跑過

細小的斷枝碎葉，頭髮上還沾黏
那條通往成年的蜿蜒小徑
那些狼狽匆促、百般鬧騰的跌撞
倉皇又決絕
像一只蝶，冷不防
撲上乍晴乍雨的迎風面
跌宕穿斜
美麗莽撞
奔赴成一道向生忘死、有去無回的梭線
磕磕絆絆，就這麼
將鮮怒飛揚的少年氣敲定成譜
那清至於碎的音色
或哀婉，或壯烈

終究還是可紀念的

他們說登高，就能望遠
但為何只能是那幾座山頭呢
彷彿看得見全世界
又原來什麼都沒看清

說好一起叛逃
慎而重之的出發
以為各自走得很遠了
其實未曾離開去哪裡
雨氣最後都輪迴去別人的夢裡

少時的蝶早成標本

若干年後
竟還免不了
到夏天，潛流翻湧起來
泱泱回憶
措不及防的驟然決堤

長堤

夢中
我們終於走上
那不存在的水上堤防

如鏡像對稱，長長地
完美延伸出去的另一半海堤
十里華燈，銀銀燦燦
遠遠探入無人到過的黑暗水域
像掉落的天堂花火鋪成一徑碎星

過去好嗎
一起過去好嗎
小心翼翼踩著這條星星的道路
去看看煙波盡頭的海市蜃樓
從未看過的天空有什麼顏色
從沒走過的路能通到哪裡

不存在的堤防孤獨地向前遞出
像詢問，或者邀請
通往廢棄的人造礁、瞭望塔
單單只為一個節日而建的海上樂園
那些未曾被選擇
早已封閉的各種未來

其實已經來不及回頭了
長堤兩旁，洶湧的碎浪包夾著擁抱過來
暗紫色的天空沒有飛鳥

我還在你身邊
我們還是既不安、又雀躍
銀星璀璨的火花跳上心頭
甜中帶疼地炸成一片幻光

驀然發現，往後的人生不再有了
彷彿知道正被命運窺探
走著走著就牽起手

這次
再不急著離開

江城子

說好
誰離開時
先走一步的人回來接迎
睽違甚久，容顏似舊
停止的時間明亮起來

縱使相逢，怎能不識
守在輪迴的節點邊上
等著候著，直至終末
還像初見

卻已要新開始了
再回首已百年身
這一生好長，好遠啊

只是竟也走過
這樣那樣的
各種遠路

原本也沒什麼
許是你太溫柔
我竟就覺得
受委屈了

荊棘為冠，紅薔為綴
靈魂在靜默中加冕
你在身邊
我擁有的便是一座盛世

VI 金色邊境

GOLDEN BORDER

四季開 ｜ 中輪 ｜ 微香 ｜ 圓瓣球形 ｜ 豐花 ｜ 荷蘭
深金黃轉至淺香檳 ｜ 如花束般

有福之人

走在人間道上
不必風雨兼程
東張西望，一路傾心賞景
終至徹底能夠
忘記目的之人

哂

我所鍾愛過的少年
是千面的神祇
不老不死
潛隱在夢境的他界
又慈又悲，既喜且憐
注視著我的
生而為人

盛世

放棄得再多
心底還是安靜妥貼的
你在身邊
我擁有的便是一座盛世

幸

那是
足够純真才享有的幸福

走過惡意的棘林
有知無覺
如履平地

養一個夢，將自己靈魂鬮成許願池
心掰成一塊塊，碎碎地
定期定額，源源投入

穿行於世人的諒解與不諒解
隱於市井，閉門亦樂

肩畔有時蛛網纏纏
有時陽光灑金
拂不拂去都相似
任塵滿面、花沾衣
如湛湛高藍的天空
並不揮拭自來自去的白雲與煙霞

順時急追，逆時緩步
可以迷途，可以遠繞
而北極星高懸依舊、清燦依舊

標指的去處不偏不倚
未曾轉移

心存康莊，闌珊處亦有燈火

獨木橋彼端
幽林裡風雨如晦
積朽的腐草或許成泥，或許化螢
一條路從天黑走到天明
走過破曉、白晝
走到日正當中，天心月圓

投入遊戲，持續有趣
整天沉浸某個世界

不知老之將至

關注一朵玫瑰由含苞至零落
留意河岸翠鳥投如飛梭出沒的方位

直直白白喜歡
自自然然擁抱

不試探，不吝惜，不悔恨
彷彿從未聽說過別離一般
專心致志
愛一個人

越

我的愛
終將如星光
即使死亡，仍會渡過遙遠光年
照耀在你面前
不違不移
此時此刻

視

我這一生
見猶未見，視作無睹

但至少
曾認認真真
把你看得分明

有一天

當你不是你
我也不再是我
沒關係，那時
我們自成兩個新的人
再一起戀愛

武裝

心是一隻刺蝟
蜷緊了，時時防備

有天累了
硬著頭皮把刺
一根根拔掉
發現自己是顆燈泡
彩色，亮亮的
脆弱易碎但
終究還是
想在這昏黃黯淡的世界
能照暖誰

傷口

你的存在
細細密密啃噛著我
那些洞，透出光
就成了詩

考古

原也只是一個平凡的日子
你窗邊回頭
微微一笑

忽然整室都亮了
像很久很久以前就埋下的光
我的靈魂被考古
彩陶的石器剝片前後晃震，掙扎鬆脫
從麻木不仁的寂暗裡
一線劈開，乍見天日

心遲鈍得很久
細沙一點點被拂走
那些或樸拙，或精細的古老線條
花草、菱格、水波、折帶……
迴轉的紋路開始鉤連
曾幾何時，風化與未風化的
筆觸萬千相異，立體浮豎
所有預言銜結運作
無人察覺的設置
命運齒輪從暗處悄然轉動
時光環節滴滴答答，精準核上
不被辨識的意義逐漸顯露
一切描繪終有了答案

天地遼闊，時光漫長
從石壁岩窟到經卷無數
偌大浮生、偌多情節
百無聊賴又不得不
搭得長久的戲，就為了
這冷不防日常一幕

你笑意深深
我心底風起
遮光篷頂推落
帷幕邊角翻飛
宇宙的視線漏了進來
恍惚瞬間，季節紊亂

紛亂燦爛的星光
如巨大彩色的雨滴
捅破天空
暈濕人間歷史、榜帖題詞
規則與律法都化作模糊
挾帶著暴然喜色，那隕雨
以不可承受之至輕至重
穿透世界薄紙
砸在了我的身上

慢燃

一根小小的蠟燭
沐浴在自己散發的光與愛裡

慢著燃，別心急
焰火熄時
這一生也就安然盡了

選

你是最好的
因為我選擇了

踝之墜

往腳踝
繫一條長長的鍊
鍊尾扣一顆石
小石愈滾愈大、愈重
慢慢變成巨岩

繫久了，釦化為銬
腳印疊綴，沉陷數倍於單的重量
每一次舉步，都在搖晃中發力
迎向模糊傾斜的天地線
在必須爭道的世界傾軋摩擦

別人看是普通大石
又灰又沉
除了塵埃、苔痕，再沒別的什麼
但在自己眼中
它會發光
是星星
獨一無二，默默牽絆身後
有時盛亮、有時微淡
有時明暗閃爍，合著彷若謠歌的節拍
有時像團熨人的火，嚴霜相逼的世道上
貼暖惟恐逐漸冷硬的靈魂

很重但是
這星星屬於自己

和風細雨的日子
長鍊緩緩拉動，窸窸窣窣
一路吻碎顯微彩虹的露水
等日頭豔，拖曳的濕氣就烘成乾爽的青草香
陰霾天，風雷湧動
倉卒欲奔時，銬環吃重
節節相追的鎖鏈嘩唧收緊
在拔腿間勒出縱橫的瘀青和血痕

踉蹌或絆跌，屈膝到折腰
我們終究
行過旱地，涉過泥濘
拖過鄉村、城鎮、森林和幽谷

有一天，星星或許滾跑
或許飛走
或許升入他人天際
屆時，磨損的鍊
也老鏽得再繫不住
輕花、流螢，一切精緻細巧的事物

但到了長夜將臨
人間最後一盞燈火掐滅之際
一回頭，就看到
每只嵌烙下的微微足印
起瑩放光，在黑暗大地上漸次閃耀
所有負重前行的痕跡

刻陷成細碎綿延的銀色長河
璀璨盛亮
煌煌匯流，燦爛了曾經之
所以生
所以存。

「或許，和原先想像的順序不同——」

「是先有了肩負，繼而賜福。」

薔薇怒放，烈烈昭昭。

那是一片晦暗幽沉中最先被看見的——

如一簇火苗猛然亮起，熊熊燃燒：細緻、豔紅的小朵薔薇，一枚銜著一枚，劇烈地、旺盛地、繁複地，綻開在安插髮間的荊棘編冠。然後才看見頭戴冠冕，面目隱去的人。隨著那人微微抬頭上望，棘刺扎破皮膚，血珠從花瓣垂覆的暗影底下沁滲滴出，緩慢匯集。細紅的血痕凝成一線，如伏竄滑溜的幼蛇，依附黏貼，由額髮至眉骨蜿蜒爬下。鮮血被重力拉扯、滴落，擊濺在腳踝邊上，墜成黏稠的破碎圖騰，滋養塵土與陰影。滿地紅豔幻花開落。不斷死亡，新生，重複。已結痂的、正割裂的、即將被劃破的細小傷口。已凋謝的、正盛開的、即將要綻放的華美顏色。

感受著痛楚和甜美，毀損並新生。付出與愛，一邊被剝奪，一邊被賜福。

這是這本書命名時的意象。愛降臨於生活，如召靈降於祭壇。迎來不曾擁有過的事物、接納異質存在，意味割裂原有的自我、改變初始的狀態，從外在作息排程、資源分配到內部的認知意識，從對外的互動模式到向內的自參自省，由關係到組織，語言到思想，乃至於夢境結構、靈魂能量……所有的一切歷經顛覆、整修，挫骨傷筋、剜肉削皮，以應於用，以適於配。

但終歸是好的。

畢竟生命沒有什麼不在變動。若非更壞，就是更好。分秒時刻，日月流年……在連續微小、堆疊累積的更迭遞換中，我們一路捨棄、一路攫取，不斷塑造變形，成為不同的人。一切不就是這樣嗎？在混亂中明晰，嘗試中確信，磋磨中淬鍊昇華。在柴米油鹽裡愛。

而我始終是僥倖的。人生中，處處是局，處處是規則。那麼多約定俗成，繁之又繁層層套套的圈子與框架——慶幸自己避開了其中一些，又心甘情願踏入另外一些。

年少時就無心經營的，如今更覺懶怠。竟然還可以偏安一隅，且行且盼。最好的人生態度莫過於警醒清明，但容許一定程度的混水摸魚。

所有的選擇，都因果相繫。於是只有惕然謹慎，愈發感激。

第五本詩集，是一本人間的書。有冷眼，有熱望，有煙火塵埃，有春暖花開。這本書能在與幼兒的日常搏鬥中撿漏完成，要感謝馥帆、逸辰，操刀封面設計的鈞瑋，以及心宜、美君，老夥伴心靈工坊。但所有之中最最重要的，自然是付出至鉅的家人。沒有你們，就沒有能稱之為美好的任何一切。

最後，謝謝素未謀面，陪伴至今的你。願雨過天青，陰有時晴，每個人都能在自己的棘冠中尋得花開。

冠薇
棘薔

PoetryNow 013
棘冠薔薇
陳依文

出版者—心靈工坊文化事業股份有限公司
發行人—王浩威
總編輯—徐嘉俊
責任編輯—饒美君
封面 / 視覺設計—許鈞瑋
版型設計—陳馥帆
通訊地址—10684 台北市大安區信義路四段 53 巷 8 號 2 樓
郵政劃撥—19546215　戶名—心靈工坊文化事業股份有限公司
電話—(02) 2702-9186　傳真—(02) 2702-9286
Email—service@psygarden.com.tw
網址—www.psygarden.com.tw

製版·印刷—彩峰造藝股份有限公司
總經銷—大和書報圖書股份有限公司
電話—02) 8990-2588　傳真—02) 2290-1658
通訊地址—248 新北市五股工業區五工五路二號
初版一刷—2022 年 5 月
ISBN—978-986-357-238-1
定價—340 元

國家圖書館出版品預行編目 (CIP) 資料

棘冠薔薇 / 陳依文著 . -- 初版 . -- 臺北市 : 心
靈工坊文化事業股份有限公司 , 2022.05
面 ;　公分 . -- (PoetryNow ; 13)
ISBN 978-986-357-238-1(平裝)

863.51　　111005803

心靈工坊文化事業股份有限公司 PsyGarden